Moi, Arthur, roi de Bretagne

www.beluga-jeunesse.com
www.coop-breizh.fr

ISBN 978-2-37133-264-5

ZA Kerangwenn 29540 Spézet/Speied

Moi, Arthur, roi de Bretagne

Tome 2

Le jour où j'ai retiré Excalibur du rocher

Texte de Yann Tatibouët
Illustrations de Nikolaz Le Corre

beluga

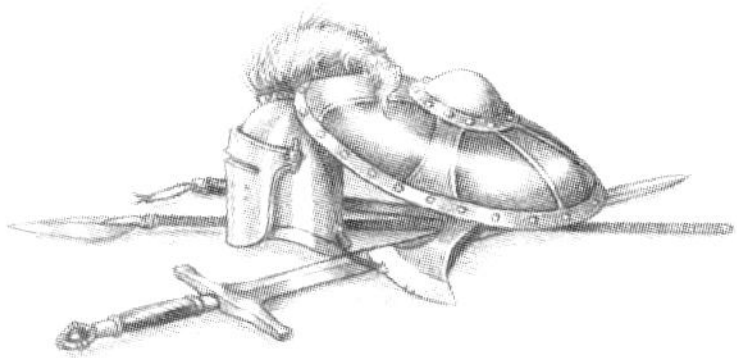

Prologue

Voilà près de mille cinq cents ans que je suis en dormition sur Avalon, et je ressens à présent le besoin d'écrire mes mémoires. Enfin, de raconter ce dont je me souviens de ma vie, parce que je dois bien admettre que j'ai oublié certaines choses du temps où j'étais roi des Bretons. Morgane dit que je suis gâteux. Cette fée abuse. Ce n'est pas vrai, c'est juste que j'ai parfois des absences.

Mais du jour où j'ai retiré Excalibur de son rocher, je n'ai rien oublié. J'aurais d'ailleurs mieux fait de me casser une jambe… Vous pouvez me croire. Vous allez dire que j'exagère, mais pas du tout.

Enfin, commençons par le commencement et jugez-en par vous-même…

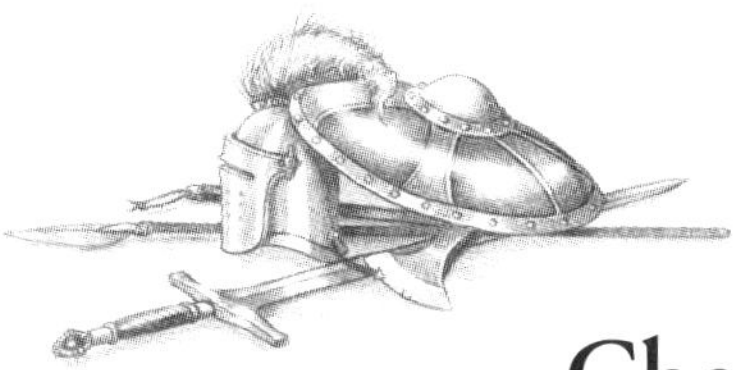

Chapitre 1

Le bélier et le postérieur du chevalier

Ah non ! Je ne risque pas de l'oublier, le jour où j'ai retiré Excalibur de son rocher.

Comme d'habitude, j'allais me lever très tôt pour entamer une longue journée d'un dur travail lorsque les cris de mon frère Keu résonnèrent dans tout le château jusqu'à ma chambre :

— Arthur, fainéant ! Lève-toi ! Il est près de midi et tu traînes encore au lit.

Grrr ! Quel empêcheur de dormir en rond…

— Presse-toi. C'est un grand jour : Merlin a annoncé que celui qui retirera l'épée nommée Excalibur d'un rocher deviendra le nouveau roi de Bretagne. Je dois me rendre sur place immédiatement. Père est parti depuis belle lurette.

Merlin… Quel boulet celui-là ! Notre première rencontre ne m'avait pas laissé de très bons souvenirs[1]. Et moi qui espérais bien en avoir fini avec ce bouffon.

— Prépare mon cheval, reprit Keu, et n'oublie pas mes armes : il y a des Saxons[2] dans le coin. J'en étripaillerais bien quelques-uns en chemin. Ne suis-je pas le plus grand des chevaliers ? Invincible défenseur de la veuve et de l'orphelin ? Majestueux protecteur de notre île ?

---

1. Lire le tome 1 : *Le jour où j'ai rencontré Merlin.*

2. Peuple germanique, comme les Angles, venu du continent qui envahissait l'île de Bretagne. Les Bretons devaient aussi affronter leurs voisins celtes : Pictes et Scots.

Un « grand » chevalier, tu parles… À dire vrai, le seul combat qu'il avait déjà mené était contre le bélier de la ferme voisine. Il n'avait jamais couru aussi vite… Keu, je veux dire, parce que le bélier ne s'était pas donné beaucoup de mal pour lui asséner un bon coup de corne sur le postérieur.

— Et prends aussi mon oreiller en plumes d'oie. Celui qui est tout doux. C'est mon préféré. Je n'ai pas envie d'attraper un torticolis si l'on doit dormir à la belle étoile.

Oh ! Monsieur a besoin de son doudou… Comme c'est mignon !

Allez, mon petit Arthur, courage. Un pied en dehors du lit, et le second… Voilà ! le plus dur est fait ! Vous pouvez me croire, la vie d'écuyer[3] n'est pas de tout repos.

Il régnait dans la cour du château une effervescence inhabituelle. Tous les hommes nobles se préparaient au départ pour Logres[4]. Visiblement, ils pensaient tous avoir une chance de retirer l'épée.

Mon idiot de frère n'avait pas l'air particulièrement inquiet par toute cette concurrence :

— Ils perdent leur temps ! C'est à moi que doit légitimement revenir la couronne. Ne suis-je pas

---

3. L'écuyer est au service d'un chevalier avant de le devenir.
4. L'un des royaumes légendaires de Bretagne.

le plus fort, et surtout le plus intelligent ? Oui, je suis le seul à pouvoir unifier les chefs de clan et à mener les troupes à la bataille pour repousser les envahisseurs.

Le plus modeste avant tout… Quel fanfaron !

— En selle, Arthur ! Essaie de me suivre. Je n'ai pas de temps à perdre à t'attendre.

Au bout de cinq lieues[5], je l'avais déjà semé. Incapable d'être maîtrisée, sa monture s'arrêtait fréquemment pour brouter herbe tendre ou fraîche fleur.

Je décidai donc de m'octroyer une petite pause pour assouvir une envie pressante et naturelle derrière un bosquet.

C'est alors qu'il choisit d'apparaître…

---

5. Ancienne mesure de longueur. Une lieue vaut environ 4 km.

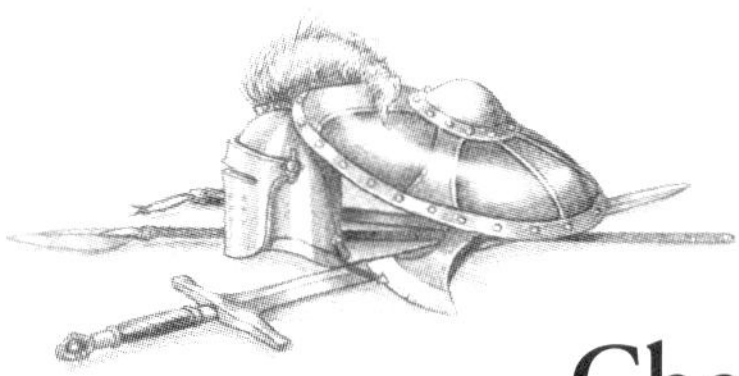

Chapitre 2

La prophétie du pot de confiture

Lorsqu'un blaireau surgissant d'un buisson se mit à parler, je compris immédiatement à qui j'avais affaire : Merlin avait encore une fois décidé de perturber un de mes rares instants de tranquillité. Quel rabat-joie ! Il avait décidément le don de me gâcher la vie.

— En avant, bougre d'âne ! hurla-t-il. Crois-tu que c'est en arrosant les pâquerettes que tu vas accomplir ton destin ?

Je fis semblant de ne pas l'avoir entendu, espérant que cet enchanteur d'opérette allait passer son chemin. Dès qu'il eut repris forme humaine, il m'envoya aussitôt un violent coup de pied sur les fesses qui me fit mouiller mon pantalon.

— Qu'attends-tu pour chevaucher ? poursuivit-il.

— Keu… J'attends Keu… déclarai-je en baillant.

— Tu attends que quoi ?

— Keu ! Mon frère !

— Ce benêt est incapable de différencier la tête de la queue de son cheval. Monte en selle et galope à bride abattue. Ce soir, tu seras roi de Bretagne.

Ah, la bonne blague ! Je l'avais oubliée, celle-là. Quelle prophétie à deux balles. En ce moment, les hommes les plus forts devaient déjà être en train d'essayer de s'emparer d'Excalibur, si ce n'était déjà fait, mais c'est moi qui y parviendrais ? Et puis quoi encore ? Et pourquoi pas une charrette qui avancerait sans chevaux ? Des machines volantes comme des oiseaux ? Il radotait, le vieux.

— Ça va… ça va… Il n'y a pas le feu au loch[6]. Si je suis bien l'élu comme vous le prétendez, elle ne risque pas de se mettre à courir sur ses petites jambes, votre épée magique…

Merlin ne goûtait pas du tout à mon humour. Il devint tout rouge comme un pot de confiture à la fraise. Trépignant, serrant son bâton à s'en bleuir les phalanges, je compris qu'il était en train de réfléchir au sort qu'il allait me lancer. N'ayant nulle envie de me transformer en crapaud ou, pire, en une de ces mouches qui passent leur vie à virevolter autour des bouses de vaches, je décidai de me diriger prudemment vers mon cheval.

— Et d'abord, pourquoi est-ce que ce serait moi l'élu ?

6. Loch : mot d'origine celtique désignant une étendue d'eau, comme un lac !

— Je te l'ai déjà expliqué[7] : parce que tu es le fils d'Uther, notre dernier roi. Antor n'est que ton père adoptif.

— Ça, je le sais déjà…

— Seulement, comme Uther ne t'a pas reconnu comme son fils, tu ne peux prétendre à la couronne. L'épée dans le rocher est un stratagème pour néanmoins te faire devenir roi. Malin, non ? Génial même ! Normal, l'idée est de moi.

— Mouais… Un peu tiré par les cheveux, votre plan…

Lorsque Keu parvint à ma hauteur, l'enchanteur avait disparu, sans doute satisfait d'avoir accéléré les choses.

— Avec qui discutais-tu ? me demanda mon frère de lait.

— Avec un pot de confiture…

Nous reprîmes notre périple, trottinant joyeusement. Nous n'étions pas seuls en chemin. De

---

7. Lire le tome 1 : *Le jour où j'ai rencontré Merlin.*

nombreux cavaliers allaient dans la même direction que nous pour tenter leur chance. Tout ce que la Bretagne comptait de chevaliers était en route.

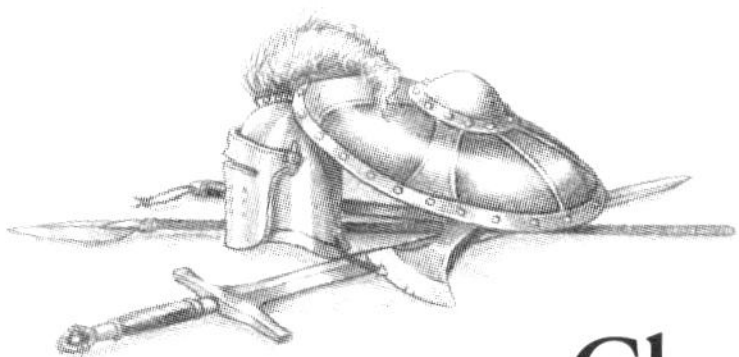

Chapitre 3

Vider le pot de chambre et chasser le pou

Comme prévu, il y avait foule lorsque nous atteignîmes enfin le lieu du rendez-vous. Des tentes avaient été dressées tout autour du rocher dans lequel était plantée Excalibur, et une nuée d'écuyers s'affairaient à préparer le repas du soir. Nous rejoignîmes le campement d'Antor, qui n'était pas particulièrement ravi de nous voir…

— Ah, tu t'es décidé à venir ! lança-t-il à Keu. Et que crois-tu ? Que tu pourrais réussir là où ton père aurait échoué ?

Il est vrai qu'Antor en imposait, et que Keu n'était encore qu'un freluquet comparé à lui. Le jeune homme bomba le torse, mais ne répondit pas à la remarque désobligeante.

Quant à moi, j'étais une quantité négligeable. Un pet de mouton, pas plus. Et encore, un tout pourri. La possibilité que j'aie assez de force pour remporter l'épreuve n'était même pas envisagée.

— Et toi aussi, tu es venu, Arthur ! Au moins, tu pourras te rendre utile. Tiens : commence par aller vider mon pot de chambre derrière la haie. Ensuite, tu mettras en broche ce lapin pour notre dîner.

L'occasion était trop belle. Une fois mes corvées faites, je pus découvrir tranquillement le rassemblement. Plus d'une centaine d'hommes étaient réunis, et il en arrivait encore. Certains riaient, heureux de se retrouver, d'autres fanfaronnaient,

chacun claironnant qu'il serait bientôt le nouveau suzerain de Bretagne. Des tonneaux avaient été mis en perce par des marchands ambulants, et partout embaumait le parfum des viandes à cuire et résonnaient les chants des fêtards.

Non loin de là, près du rocher, l'ambiance était fort différente. Une file s'était formée, et les seigneurs qui attendaient leur tour avaient le

visage grave. En cas d'échec, ils savaient qu'ils n'auraient pas de seconde chance de monter sur le trône.

La nuit étant tombée, des bûchers avaient été allumés près d'Excalibur dont la lame brillait de mille feux malgré l'obscurité. Les unes après les autres, des paires de mains s'approchaient de l'épée magique et s'agrippaient à son pommeau de toutes leurs forces. Les muscles bandés, les hommes tiraient alors à s'en faire éclater les bras, parfois pendant de longues minutes. Ce n'est qu'épuisés qu'ils renonçaient alors et laissaient la place au suivant.

Je profitais du spectacle pendant près d'une heure avant de retourner auprès de ma famille d'adoption.

— Ah ! te voilà enfin ! me lança Antor. Où étais-tu passé ? À la chasse aux poux sur ta tête ? Je commençais à m'inquiéter.

Il s'inquiétait surtout de devoir se servir seul. Et puis je n'avais pas de poux. Enfin, pas beaucoup…

— Il a dû aller coincer la bulle[8] à l'abri des regards… C'est ce qu'il fait le mieux, ironisa mon frère.

— Mangeons à présent et puis nous irons dormir. Il nous faudra être en forme demain.

8. Coincer la bulle : se reposer.

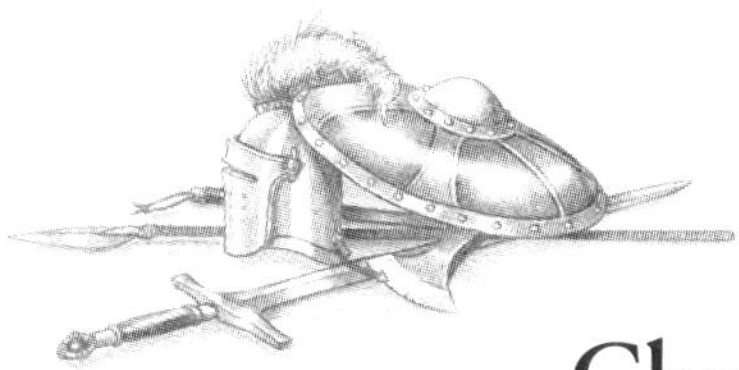

Chapitre 4

Vieille molaire et bout d'oreille

Antor et Keu se levèrent de bonne humeur, convaincus que cette journée verrait leur couronnement.

— Arthur, va chercher un baquet d'eau fraîche pour une rapide toilette. Et ne lambine pas.

Heureusement, la rivière n'était qu'à un jet de flèche de la tente. Je remplissais rapidement mon seau lorsqu'un bruit dans les taillis de l'autre rive me fit sursauter. Je relevai la tête pour les examiner mais ne découvris rien. Sans doute avais-je dérangé une laie et ses marcassins venus s'abreuver.

Lorsque je revins, mon père bouillait d'impatience. Il s'aspergea négligemment le visage avant de prendre la direction du rocher.

— Tu peux nous accompagner si tu veux, minus, me lança Keu en s'élançant à son tour. Tu seras témoin de ma gloire.

La foule n'était pas moins dense que la veille. Antor prit place dans la queue, râlant que des seigneurs moins puissants soient devant lui, mais accepta la situation. Il le savait, le premier arrivé était le premier servi, et peu importait son rang.

Un nouvel arrivant ne l'entendit pas de cette oreille. Richement vêtu, il ordonna qu'on lui cède la place. Il n'avait pas de temps à perdre à attendre que des bouseux se ridiculisent.

— Tu le connais ? demanda Keu à son père.

— Oui, murmura-t-il. C'est Kaletdorn, un

roitelet du Nord. On dit qu'il a pactisé avec des Saxons. Un traître!

Sous la protection de plusieurs gardes, l'homme se dirigea vers la pierre d'un pas décidé. Malgré les huées, il allait griller la politesse aux autres compétiteurs. L'insulte était évidente et les esprits s'échauffèrent.

— Attends ton tour! tonna une voix de stentor. Attends ton tour comme tout le monde!

C'était Antor qui avait parlé ainsi en se plaçant devant le malappris. Kaletdorn le dévisagea rouge de colère, le défiant du regard. Ce n'était pas la première rencontre entre les deux hommes, et la plupart des précédentes s'étaient terminées en affrontement. Le premier y avait perdu une dent – une vieille molaire toute cariée –, et le second un bout d'oreille.

Mais, cette fois-ci, les événements allaient prendre une autre tournure. Les combattants n'allaient pas en rester aux poings. Le contentieux était trop ancien pour se contenter d'un vulgaire, mais percutant, échange de châtaignes et de marrons. Surtout, aucun des deux ne pouvait perdre la face devant l'assemblée des nobles de Bretagne. Il en allait de leur honneur. S'ils se ridiculisaient, les bardes se moqueraient d'eux dans leurs chansons pour de longues années. Oui, le différent devait être lavé dans le sang.

Ce fut Kaletdorn qui mit le premier la main à l'épée. Antor allait l'imiter, prêt à brandir sa lame hors de son fourreau, lorsqu'il se rendit compte qu'il avait oublié son arme au campement. Sans doute espérait-il, au moins inconsciemment, revenir avec Excalibur.

— Tu cherches ton cure-dent ? se moqua son adversaire. Il doit être coincé dans le chicot que je t'ai enlevé.

— Arthur, file à la tente, et rapporte-moi mon épée, que je continue de tailler les oreilles en pointe à ce vantard.

Je le savais. C'était couru d'avance. J'étais certain que ça allait me retomber dessus !

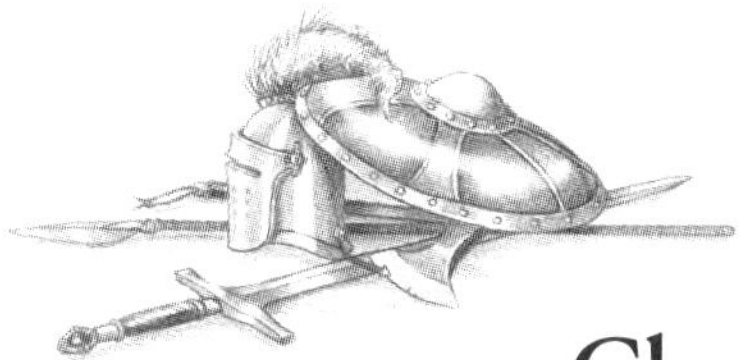

Chapitre 5

L'odeur d'un poney boiteux

Il était marrant, papa! Notre tente était à l'autre bout du campement de toiles qui se dressaient dans la prairie. En plus, j'avais un peu mal aux pieds, sans doute par la faute de petits cailloux dans mes bottes… ou d'énormes verrues… Je ne m'en souviens plus très bien.

Non, décidément, je ne pouvais pas faire un si long chemin. Et puis, une épée, il y en avait une, là, juste devant mon nez… plantée dans un rocher… Il suffisait de tendre la main pour la

prendre. J'étais certain qu'Antor n'y verrait que du feu. Des épées, il en avait plein.

Allez ! Un petit effort. Super ! Elle venait toute seule ! Comme un couteau dans du beurre !

Personne n'avait rien vu. Après le combat, je n'aurais plus qu'à la remettre à sa place, et le tour serait joué. Ni vu ni connu, je t'embrouille…

Je découvris Excalibur, et je ne peux pas dire que j'eus le coup de foudre. Je la trouvai pour le moins ordinaire, même si son acier brillait particulièrement. Ah si ! Un détail me séduisit immédiatement : la pierre précieuse rouge de son pommeau. Trop la classe, le gros caillou !

Il ne s'était quand même pas foulé, le Merlin… Côté imagination, il avait le niveau d'un poney boiteux. Et l'odeur aussi…

En plus, ce qui était aussi certain, c'était qu'il l'avait forgée bien lourde. Après seulement quelques pas à la porter, je sentais déjà le gosier me démanger. Heureusement, la rivière me tendait les bras.

Qui s'apercevrait que j'avais perdu quelques minutes pour me désaltérer ? D'ailleurs, je les

entendais de ma position s'insulter copieusement. Apparemment, à en croire les clameurs, chaque chevalier avait choisi son camp et acclamait de toutes ses forces son champion. Le risque était grand que la situation dégénère en bagarre générale.

Je m'en moquais comme de ma première… première… dent de lait. Boire… S'allonger dans l'herbe tendre et tendre les lèvres vers l'eau… Voilà l'important.

Comme c'était agréable ! Malheureusement, mon bonheur ne dura pas longtemps…

Ma soif étanchée, j'allais m'accorder un repos bien mérité lorsque je fus soudainement sorti de ma torpeur.

Tiens ?

Il y avait de drôles de bruits…

Tiens ?

Je n'étais pas tout seul…

Tiens ?

Trois Saxons s'emparaient d'Excalibur…

Non ! Pas Excalibur ! S'ils la volaient, cette fois-ci, je serais bon pour aller jusqu'à la tente chercher l'estoc[9] d'Antor. Hors de question.

Et puis quelque chose me disait que ça mettrait Merlin en rogne et qu'il en profiterait pour me passer un savon. Je l'entendais déjà : « Bougre d'âne ! Non, en fait, tu es plus stupide que le derrière d'un âne ! Et encore, j'en connais qui ont plus de jugeote que toi. Comment veux-tu devenir roi de Bretagne si tu laisses nos ennemis voler Excalibur ? »

Il ne me restait plus qu'une solution si je voulais récupérer mon bien : rattraper ces chapardeurs qui avaient déjà une bonne longueur d'avance, donner une bonne raclée à ces trois guerriers armés jusqu'aux dents et, de préférence, rentrer sain et sauf l'arme à la main…

Facile.

---

9. Estoc : terme désignant une épée.

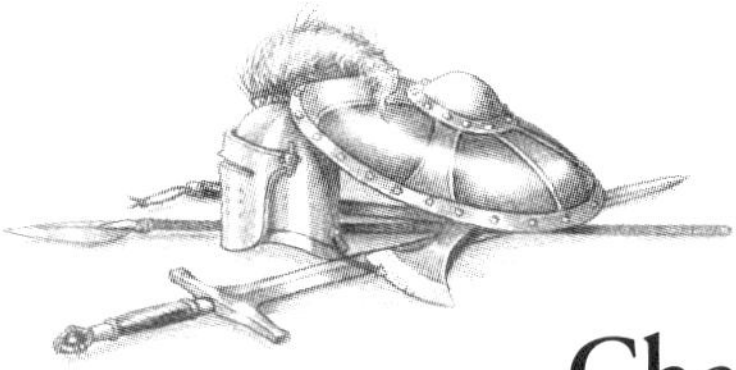

Chapitre 6

Le demi-tour du pet de sanglier

Lorsque je me mis à leur poursuite, les Saxons étaient déjà hors de vue. Ma légendaire intuition me chuchotait à l'oreille qu'ils avaient dû prendre vers le nord, là où s'étendaient d'impénétrables forêts. Sans doute espéraient-ils y trouver un abri sûr, le temps de se faire oublier. Mais ils se trompaient : rien ne pourrait les protéger de ma colère. Je ne reculerais devant aucun obstacle : ni les plus hautes montagnes, ni les plus profonds ravins, et encore moins les plus…

— Vas-tu faire demi-tour, bougre de pet de sanglier ? Tu te diriges dans la mauvaise direction. Ils ont pris vers la mer ! Tu comprends ? C'est là que leur bateau les attend, me lança un cerf courant à ma hauteur. Et la mer, c'est vers le sud.

Vous avez deviné : c'était Merlin qui avait pris la forme de son animal préféré pour me donner une leçon de géographie. Quand je vous disais qu'il ne perdait jamais une occasion d'être désagréable…

Néanmoins, je devais admettre que sa théorie était vraisemblable. Oui, les maudits envahisseurs se déplaçaient plus souvent sur l'océan qu'à travers des bois.

— Et hâte-toi de tourner les talons : s'ils prennent le large, Excalibur sera perdue à jamais.

J'obéis. Seulement, après plusieurs lieues à courir comme un loup en chasse, je sentis le souffle me manquer.

— Après à peine cent mètres, tu cours déjà comme un escargot asthmatique ! On n'y arrivera jamais à ce rythme. Allez, grimpe sur mon dos et accroche-toi à mes bois.

Plus facile à dire qu'à faire ! C'est qu'il était haut, le bestiau. Et il ne sentait pas bon. Il ne devait sûrement pas prendre un bain par mois comme je le faisais.

Mais bon, une fois installé, je devais bien admettre que pour un enchanteur, il n'était pas plus inconfortable qu'un vieux bourricot. Il est aussi vrai que nous allions ainsi bien plus vite.

Nous découvrîmes le dernier des fuyards en jaillissant d'un bosquet. Le Saxon courait en ligne droite à travers un pré détrempé. Malgré le sol lourd, Merlin accéléra. Mal lui en prit ! Dans la précipitation, il posa les sabots dans une zone marécageuse. Il stoppa net sa course, englué jusqu'aux genoux.

Mais pas moi… Au contraire, je pris de la vitesse dans les airs. Je volais. Enfin, pas longtemps. Je finis par atterrir brutalement le menton dans la gadoue.

— Viens me sortir de là au lieu de jouer dans la boue ! hurla le cerf, malpoli.

— Et comment, je vous prie ? En vous tirant par les bois ?

Vu le poids de l'animal, ce n'est pas gagné…

— Creuse-toi les méninges, cervelle d'oiseau.

Ah, il voulait la jouer comme ça ! Très bien. J'avais bien une petite idée, mais je n'étais pas certain qu'elle allait lui plaire.

Je le contournai, et, une fois hors de son champ de vision, ramassai une branche d'ajonc aux épines de belles proportions. Avec un peu d'élan, l'effet était assuré.

— Aïe ! cria de douleur Merlin.

J'avais vu juste : un bon coup sur la croupe lui fit faire un bond en avant suffisant pour le libérer. Trop malin, l'Arthur.

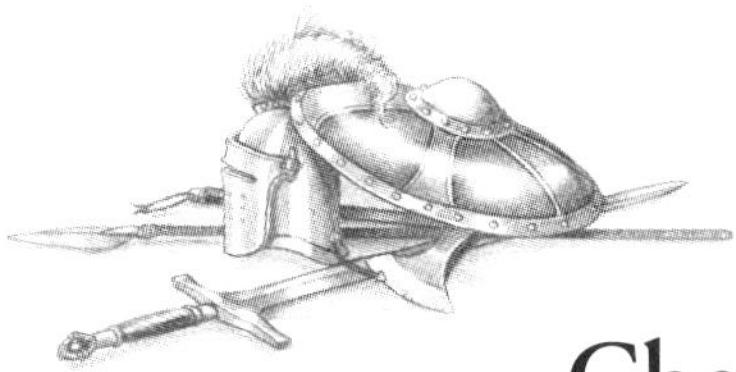

Chapitre 7

Le cerf aux bois dormants

Je ne vais pas raconter en détail les minutes qui suivirent. Comme vous vous en doutez, j'ai dû courir vite pour éviter un mauvais coup de sabot. J'ai aussi été couvert d'un flot d'injures dont je vous épargne la liste de gros mots.

Nous avons finalement repris notre poursuite. Évidemment, je n'avais plus le droit de voyager sur son dos. Quel rancunier, quand j'y repense. Tout ça parce qu'il avait les fesses comme une pelote d'épingles…

Merlin était particulièrement remonté. Faute d'avoir pu me botter les fesses, il avait hâte d'en découdre avec les Saxons. Il galopait si vite que j'avais bien du mal à ne pas me faire distancer. Nous rattrapâmes le premier voleur avant qu'il n'atteignît les dunes qui annonçaient la plage.

En y repensant, j'éprouve presque de la pitié pour ce qui arriva à ce pillard. Presque… Il ne faut pas exagérer non plus. D'un coup de tête, le cerf au postérieur de hérisson le fit rouler par terre, transperça son pantalon de ses bois, puis le fit tournoyer dans tous les sens avant de le laisser lourdement chuter. Le Saxon ne s'en releva pas.

— Plus que deux! lança Merlin, visiblement très content de lui. Ils vont voir de quel bois je me chauffe.

— Le mieux est peut-être que je vous attende ici. Je ne ferais que vous ralentir… Et puis, en bord de mer, il y a toujours un petit vent frais. Je ne voudrais pas m'enrhumer.

— Le seul courant d'air que tu aies à craindre, c'est celui qu'il y a entre tes deux oreilles, là où il aurait dû y avoir un cerveau si la nature avait bien fait les choses!

— N'importe quoi! Il y a bien une oreille entre mes deux cerveaux…

Je compris trop tard que j'aurais mieux fait de me taire. La prochaine fois, je prendrai le temps de tourner sept fois ma bouche dans ma langue avant de parler…

L'attaque du prochain fugitif ne se déroula pas exactement comme l'enchanteur l'avait espéré. Il allait utiliser la même technique que pour le précédent: foncer dans le tas. Pas très élaborée comme stratégie, je vous le concède, mais très efficace lorsque l'on possède une ramure et pèse plus de deux cents kilos…

Sauf que le cerf avait bien des difficultés à avancer dans le sable. C'était comme une course au ralenti. À cet instant-là, je me suis même demandé si une sorcière n'avait pas lancé un sort pour figer le temps. Mais non, nul sortilège.

Le Saxon en profita pour se préparer à l'assaut, sortant son épée de son fourreau. Bien campé sur ses jambes, tenant son arme à deux mains, il avait toutes les chances de fendre de haut en bas son assaillant. Merlin comprit le danger et décida finalement de réfléchir à une autre stratégie.

Plutôt que d'attaquer de front, il se retourna au dernier moment et gratta le sol de ses pattes postérieures. Le résultat fut immédiat : le guerrier se retrouva avec du sable plein les yeux. Aveuglé, il fendit désespérément l'air de sa lame sans parvenir à toucher l'enchanteur, comme un moulin à vent dont les ailes ne pouvaient atteindre les nuages.

Il ne vit pas arriver le coup de sabot qui l'envoya rouler du sommet de la dune vers la plage.

Mais il ne vit pas plus le cerf rouler à son tour après qu'une de ses pattes se tordit, coincée dans le sable. Je découvris Merlin allongé, incapable de se redresser.

— Ce n'est pas le moment de faire des pâtés, lui lançai-je.

— Je n'irai pas plus loin. C'est à toi de jouer ! déclara-t-il, grimaçant de douleur. Il n'en reste plus qu'un. C'est du gâteau.

Du gâteau… du gâteau… Il fallait le dire vite. C'était peut-être le dernier, mais c'était le plus costaud.

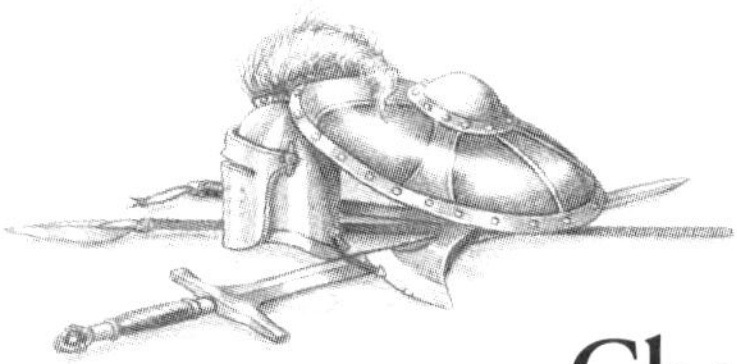

Chapitre 8

Coquillages et crustacés

Et quand je dis costaud, mes mots sont loin de refléter la vérité. C'était un géant, dépassant les deux mètres de hauteur, au corps musclé et noueux comme le tronc d'un chêne. Excalibur, accrochée à sa ceinture, ne paraissait pas plus longue qu'un couteau.

En me découvrant courir dans sa direction, sans la moindre armure, il éclata de rire. Il aurait eu le temps de grimper dans sa barque et de la pousser vers le large, mais il ne pensa même pas à s'enfuir. Non, il préféra me narguer en faisant tournoyer sa lourde hache d'une seule main au-dessus de sa tête. Son numéro de jonglerie m'aurait beaucoup fait rire en fin de banquet à la cour de mon père, mais là… pas trop… Pour tout vous dire, je n'étais pas certain de le vaincre.

Je décidai de résoudre les problèmes les uns après les autres. En premier, je devais dénicher une arme, et, c'est bien connu, ce n'est pas ce qui manque sur les plages. On y trouve autant de lances ou d'arcs que de pommes dans un poirier. J'avais beau examiner avec attention le sol environnant, rien n'y ressemblait : même pas la moindre branche d'arbre rejetée par les vagues.

C'est alors que je me souvins d'une histoire que mon père racontait parfois à la veillée : une bataille où un petit bonhomme prénommé David terrassait le colosse… Gorak… ou Goliath… ou Goldorak. Son nom m'échappait. Bref, il le faisait tomber de haut à l'aide de sa fronde en lui envoyant un caillou entre les deux yeux.

— Tu te dépêches ? demanda le Saxon, visiblement pressé de prendre une bonne raclée. J'ai un bateau à prendre.

Il ne perdait rien pour attendre. Où en étais-je ? Ah oui ! J'aimais bien l'idée de la fronde. Elle avait l'avantage de m'éviter de m'approcher trop près de la hache de mon adversaire. Et puis j'étais assez doué au lancer… Une fois, j'avais même réussi à cracher un noyau de cerise directement dans l'œil de mon frère. Qu'est-ce qu'on avait ri ! Sauf Keu, ça va de soi. Enfin, c'est une autre histoire. Je vous la raconterai une prochaine fois.

Pour servir de fronde, je trouvai rapidement une algue noueuse[10]. Si je coinçais un galet dans ce goémon noir, il devrait pouvoir s'envoler dans la bonne direction. Sauf qu'il n'y avait pas le moindre caillou de belle taille à l'horizon.

---

10. *Ascophyllum nodosum* en latin ou *favach* en breton.

Crotte!

— La pêche aux moules est bonne! persifla le géant qui commençait sérieusement à s'impatienter.

Des moules! Voilà la solution! Des galets, il n'y en avait peut-être pas, mais des coquillages, ce n'était pas ce qui manquait, accrochés aux rochers ou à moitié enfouis: des moules, des huîtres, des palourdes… Je choisis quelques bulots particulièrement pointus et commençai à les projeter de toutes mes forces.

Le résultat ne fut pas à la hauteur de mes espérances. Lorsqu'un coquillage parvenait à toucher le Saxon, il rebondissait sans lui avoir fait le moindre mal. Je ne crois même pas qu'il attrapa une bosse lorsque son front fut atteint.

— Tu es le champion du lancer de bigorneaux! s'esclaffa le moqueur à gorge déployée.

Mal lui en prit! Ma dernière munition rentra directement dans sa bouche et se logea au fond de sa gorge. Il étouffa une bonne minute avant de s'effondrer raide mort. Je n'eus plus qu'à aller récupérer Excalibur et rejoindre fièrement Merlin.

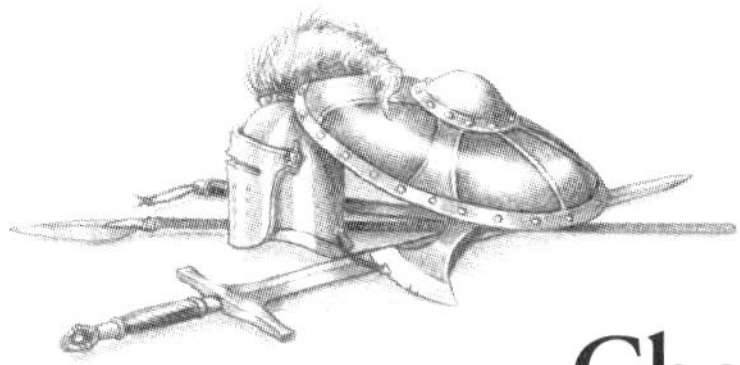

Chapitre 9

Arthur, roi par la grâce des bulots

Merlin avait repris forme humaine, et, très étrangement, sa cheville ne semblait plus le faire souffrir. Lorsque je lui en fis la remarque, il me répondit avec un grand sourire aux lèvres :

— La chenille ne peut compter que sur elle-même pour se transformer en papillon…

Bref, il s'était bien moqué de moi.

Nous prîmes le chemin du retour en nous hâtant, conscients que l'assemblée devait s'inquiéter de notre absence, et surtout de la disparition d'Excalibur…

Je regardais l'épée différemment à présent que j'avais dû me battre pour elle. Elle ne représentait plus une arme ordinaire. Je comprenais que nos chemins ne pourraient plus se séparer.

— Est-elle vraiment magique ? demandai-je à l'enchanteur.

— Quelle importance ? La question à laquelle tu dois répondre est celle-ci : es-tu prêt à être roi de Bretagne ?

— Ai-je vraiment le choix ?

— Le poisson a-t-il d'autre choix que de respirer dans l'eau ? L'oiseau de déployer ses ailes pour voler ?

Nous atteignîmes le campement où régnait une pagaille indescriptible.

Après avoir participé à une bagarre générale, comme en témoignaient de nombreux yeux au beurre noir, les hommes avaient tout retourné à la recherche d'Excalibur. Lorsqu'ils nous virent arriver, ils se figèrent bouche bée.

Ce fut Antor qui brisa le silence :

— Est-ce toi, Arthur, qui l'a retirée du rocher ?

— Oui, répondis-je simplement.

Mon père se tourna alors vers Merlin qui confirma d'un hochement de tête. Malgré cela, la plupart des chevaliers refusaient de croire qu'un garçon qui faisait la moitié de leur taille ait pu réussir un tel exploit. Assurément, ils n'accepteraient jamais que je m'assoie sur le trône.

L'enchanteur comprit le danger. Il prit l'épée de mes mains pour la replacer dans la pierre, avant de m'inviter à recommencer. J'obéis et réussis avec la même facilité que la première fois. Je brandis alors la lame au-dessus des têtes incrédules.

— Je vous l'ai dit : seul celui qui est digne de devenir roi peut s'emparer d'Excalibur, s'écria Merlin d'une voix puissante, presque irréelle. À présent, votre choix est simple : soit vous reconnaissez l'autorité d'Arthur et vous vous unissez derrière lui pour combattre nos ennemis… soit la Bretagne succombera sous le nombre !

Aussi incroyable que cela puisse paraître, les seigneurs, du plus petit au plus puissant, ployèrent le genou autour de moi. Je n'aurais pas parié une cacahuète là-dessus la veille encore.

— Vive Arthur, roi des Bretons ! hurlèrent-ils en brandissant leurs armes vers le ciel.

Merlin, paré d'un large sourire, ne boudait pas son plaisir. Il avait gagné son incroyable pari. Sans doute pensait-il qu'il restait alors de l'espoir pour notre peuple.

Toujours est-il qu'il ne vit pas certains nobles se relever rapidement pour s'en aller sur leurs domaines sans fêter ma victoire.

Mais ça, c'est une autre histoire…

Table des matières

Dans la même collection :

beluga

coop breizh

www.beluga-jeunesse.com

ISBN 978-2-37133-264-5

Impression Printcorp (UE).
Dépôt légal : 2e trimestre 2021.

« Loi n° 49-956 du 16 juillet 1949
sur les publications destinées à la jeunesse. »